UNE INFIRMIERE
EN KIT

PROLOGUE

Pendant que les parlottes de fin de cérémonie s'éternisaient, l'avocat Levaud rongeait son impatience !

A ces festivités, il avait remplacé son père que la maison de retraite de Pionsat avait contraint d'envoyer, là-haut, rejoindre le centre de réadaptation fonctionnelle, suite à un sévère accident cérébral.

Désirant écourter sa présence, il rejoignit Monsieur le Maire tout récemment élu.

- « Maître, j'ai été profondément touché par votre présence à la place de votre père, pour cette commémoration. A ce sujet : comment se porte-t-il ? Retrouve-t-il un peu l'usage de ses membres ? Cela a vraiment été si soudain, imprévisible ! Sans forfaiterie aucune, le centre de réadaptation fonctionnelle Maurice Gantchoula, est l'un des plus modernes de France, le plus neuf aussi » !

- « Monsieur le Maire, je vais essayer d'intercepter le boss médical, le docteur Quiles !

Lui seul sera à même de m'indiquer l'évolution de la maladie, s'il y a évolution » !

- « Faites-lui mes amitiés, Maître » !

- « Personnellement, je vais rester quelques jours dans la région, mon père a sa villa tout près de Pionsat, à Saint-Gervais ».

- « C'est vrai que vous êtes des enfants du pays, des Combrailles » !

Ils se serrèrent la main.

CHAPITRE I

AU CENTRE DE REEDUCATION

A vitesse réduite, L'Audi de Maître Levaud entra sur le parking du CMPR de Pionsat. Apercevant, chose rare, une place de stationnement vacante, Dominique y positionna son véhicule en marche arrière. Sortant de l'habitacle et prenant sa veste, il détailla la façade du bâtiment. Il constata qu'en deux ans, le bardage bois avait réellement vieilli, devenu ocre, gris, terni ! Ce qui était inamovible, c'était la présence des éternels adeptes de Mr Nicot, près de la porte d'entrée. Ceux-ci, tout en dissertant sur leurs parcours terrestres, le détaillèrent de haut en bas !

Passé le sas d'entrée, l'avocat se dirigea vers le comptoir de l'accueil devant lui. Il s'esclaffa ; « Betty ! Ça alors ! Excusez-moi Betty, bonjour ! Depuis ma dernière visite, vous êtes toujours présente. Cela doit faire deux ans si je me souviens bien. Et oui, deux années depuis « l'affaire Castaing » !

 - « Bonjour Maître ! Mais vous donnez l'apparence de quelqu'un qui aurait accumulé quelques kilos ! Je me trompe » ?

– Dominique tout sourire ; « vous trouvez » ?

 - « Maître ; c'est pour votre rendez-vous avec le docteur Quiles » ?

 - « Vous avez deviné, tout juste » !

 - « Je l'avertis de votre arrivée ».

– « Merci ».

Le téléphone toujours en main : « le docteur Quiles vous attend, c'est au troisième bureau sur votre droite ».

– « Merci Betty ».

Dans le bureau du boss : « Bonjour Maître. Vous désirez sûrement savoir comment évolue la santé de votre père » ?

 - « Exact, vous l'avez fait transférer de la maison de retraite à ici ».

– « Et oui, nous avons pris cette décision pour que son séjour dans l'autre établissement ne s'éternise pas trop longtemps ».

– « Vu son état physique, pensez vous que mon père remarchera un jour » ?

Le docteur Quiles, essuyant les verres de ses lunettes, ne répondit pas tout de suite. Il prit

4

largement son temps, pour une réponse qui semblait retenir toute son attention. Emettant un semblant de soupir, il releva les yeux et, fixant Maître Levaud, prit la parole :

— « Maître, je ne veux pas et ne dois pas vous donner de faux espoirs. J'ai longuement étudié le dossier de votre père, détaillé toutes ses radios, tous les scanners en notre possession... tout est possible vous savez, seulement

— « Vous n'y croyez pas vous même n'est-ce pas » ?

— Nouveau soupir puis : « j'aimerais pouvoir vous assurer du contraire mais...non ! Il faut savoir qu'il a déjà eu beaucoup de chance de rester en vie après cette terrible attaque cérébrale » !

— « Docteur, je ne sais pas si nous pouvons parler de chance ! Parfois on se demande s'il n'aurait pas mieux valu... Je connais le tempéramment de mon père, s'il a conservé ses facultés mentales, se voir assis continuellement là, dans son fauteuil, tributaire des autres pour les gestes les plus élémentaires …

L'avocat ne termina pas sa phrase, les lèvres soudées, les yeux embrumés, tout trahissait son émotion.

Le docteur en profita pour reprendre la parole : « Nous savons bien que cela est difficile à accepter, mais on ne doit pas réagir comme cela Monsieur Levaud, car nous ne pouvons

réellement pas savoir ce que l'avenir nous réserve !
L'être humain possède des ressources
indéfinissables que nous même, le corps médical,
avons beaucoup de mal à imaginer. Je comprends
vos sentiments et votre douleur mais surtout faites
en sorte de lui dissimuler, qu'il garde le maximum
d'espoir, synonyme de volonté ! Votre père vous
parle parfois de son AVC ? De sa chute,
conséquence de son coma » ?

- « Non jamais ! Je crois qu'il a choisi de les
effacer de sa mémoire ».

- « Quoique vous en pensiez , essayez d'en faire
autant, c'est une chose assez scabreuse à mettre en
place, mais il faut tenter de réaliser l'impossible !
L'heure n'est plus du domaine des « si » ni à celui
des regrets, mais à celui de penser, les yeux
tournés vers l'avenir, pour lui comme pour vous
Maître ».

Puis le médecin se mit en devoir d'expliquer
quelles étaient les améliorations que l'on pouvait
attendre de la réadaptation qu'il songeait
entreprendre : commencer par débloquer un peu
de gestuel sur les membres de son père. Comme
la majorité de ses autres confrères, toute son
équipe s'attellera à réaliser le maximum de leurs
connaissances actuelles. Mais en réalité cela sera
certainement très peu de choses, mais plutôt du
domaine des kinés et des ergothérapeutes à agir.

- « Vous semblez très soucieux Maître, quelque

chose vous chagrine, vous　　　heurte » ?

- « Non cela va vite passer, c'est juste un peu de difficulté à respirer, continuez,　je vous en prie ». Plus tard, l'entretien se terminant : « Maître, excusez-moi de vous avoir parlé aussi sèchement, mais avez le recul vous nous comprendrez beaucoup mieux. N'étant pas devin, je ne connais pas les limites actuelles de la médecine que je sers ! Je me doute qu'il est vraiment difficile d'accepter la réalité des choses mais il en est ainsi.Il y a parfois des barrières infranchissables dans notre proche existence.

Ils se levèrent pratiquement au même moment en se serrant la main. Maître Levaud demanda : « Mon père est dans la même chambre, au troisième étage, la trois cent vingt quatre ?

- « Il y sera de façon alternée, entre la maison de retraite et ici ».

- « Je vous remercie docteur ».

– « Sincèrement je souhaite à votre père une amélioration conséquente ».

CHAPITRE II

CONTROLE ROUTIER

L'après-midi passée au centre de rééducation, Maître Levaud se dirigeait dans la direction de Saint-Gervais d'Auvergne, rejoindre la villa de son père pour y passer la nuit prochaine.
Juste avant d'entrer dans le bourg de Saint-Gervais, un barrage de gendarmerie était dressé. Deux véhicules en sortaient. Au même moment , un jeune gendarme faisait signe à l'avocat de se garer sur le bas côté. Regardant dans le rétroviseur, Dominique vit un gradé s'approcher de l'arrière de son véhicule.
Avec le salut de rigueur : « Gendarmerie Nationale, veuillez présenter les papiers du véhicule ainsi que votre permis de conduire et l'attestation d'assurance s'il vous plaît » !
 - « Pas de problème, puis-je vous demander le

pourquoi de ce contrôle et le pourquoi du choix de ma voiture » ?

- « Permis de conduire, carte grise et justificatif d'assurance Monsieur » !

- « D'accord. Mais tout cela se trouve dans la boite à gants, du coté passager, avec l'ensemble des documents administratifs. Et je vous présente quoi en premier « ?

- « C'est comme vous voulez, tout compte fait commencez par le permis de conduire » !

Maître Levaud sortit d'un porte-documents les papiers correspondants, tout en s'interrogeant sur les faisons du contrôle de la majorité des véhicules. Voulaient-ils piéger certaines personnes qui avaient été présentes à la réunion officielle organisée dans la partie médiévale du château de Pionsat, en espérant accrocher un convive un peu trop éméché, qui serait dans l'impossibilité de conduire ? Certaines personnes de notoriété locale s'étaient plaintes de ces contrôles exécutés assez régulièrement à la sortie de festivités ou de commémorations, très prisées dans la région.

Connaissant maintenant l'identité du conducteur de l'Audi : « veuillez descendre de votre véhicule s'il vous plaît » !

Dominique éberlué : « Comment » ?

- « Sil vous plaît Maître, veuillez descendre de votre véhicule » !

10

- « Comme vous voudrez » !
L'avocat en sortant de l'Audi claqua sèchement la portière, l'énervement l'ayant gagné sérieusement ! Ce geste força le gendarme à reculer d'un bon mètre.

- « Pour votre gouverne Major, si j'ai passé deux bonnes heures avec la municipalité de Pionsat, c'est en remplacement de la personne de mon père qui est actuellement immobilisé a l'EPADJ de Pionsat et je puis vous assurer qu'en aucun cas je n'aurais abusé du pot de l'amitié. Votre éthylomètre pourra le confirmer » !

- « Maître, veuillez me suivre à l'arrière de votre véhicule ».

- « Comment, immobiliser ma voiture ? Pourquoi » ?

- « Vous n'allez pas tarder à le savoir, c'est tout simplement à cause de votre plaque d'immatriculation, elle est absente » !
Instinctivement, Dominique baissa les yeux vers l'endroit ou devait se situer cette fameuse plaque d'immatriculation ; rien, rien de rien !

- « Mais c'est quoi ce délire ? Je viens juste de fêter la fin d'un procès en assises , procès d'ou mon client était sorti acquitté, et je n'ai absolument rien remarqué à ce sujet là. Et la plaque de devant » ?

- « Absente également Maître » !
L'avocat réflechissait a vitesse grand V, mais ne

trouvait aucune réponse. Qui pouvait pousser la plaisanterie jusqu'à l'extrême limite de la connerie « ?

En y regardant de près, cela pouvait être n'importe qui : des connaissances, des inconnus...

- « Maître, et si votre farceur les avait déposées dans le coffre » ?

- « A condition qu'il n'était pas verrouillé à ce moment là » !

- « D'accord, mais s'il n'était pas verrouillé elles sont peut-être dedans ».

- « Sincèrement je ne pense pas que ce ou ces farceurs comme vous dites, les ai déposées dedans. Je vais passer un coup de fil vite fait pour éclaircir cette facheuse histoire » !

- « Monsieur, pour le moment vous ne pouvez téléphoner à quiconque, car nous n'avons pas terminé avec vos explications qui me semblent bien légères » !

- « Major, je crois bien que vous êtes dans l'erreur ! Connaissant assez correctement mes droits, qui sont ceux de notre pays, je ne suis ni incarcéré, ni interpellé, du moins à vous regarder pour l'instant ! J'ai donc encore la faculté et la liberté de pouvoir téléphoner si bon me semble, et de ce pas, je vais chercher mon smartphone dans le vide poche de l'Audi » !

- « ne bougez pas maître Levaud » !

Devant le haussement de ton employé, deux

autres militaires s'approchèrent puis encadrant l'arrière de la voiture, se penchèrent sur le haillon arrière.

En détaillant méticuleusement celui-ci, un des deux gendarmes s'écria : « Major, vous avez remarqué cette tache brune rougeâtre là, en contre-bas du haillon, on dirait peut-être bien du sang » !

Le Major s'approcha, il distinguait une tache assez large provenant certainement d'un liquide visqueux !

- « Maître Levaud, veuillez ouvrir le coffre de votre voiture » !

- « Major, mon coffre comme l'ensemble de ma voiture est consideré comme propriété privée ! Vous ne pouvez pas m'obliger à exécuter cet ordre » !

- « Maître, dans le cadre juridique d'un contrôle routier, je peux vous faire ouvrir le coffre au moins pour m'assurer que vous êtes en possession des éléments de sécurité tel que roue de secours ou chasuble, et quand bien même, nous agissons dans le cadre de réquisitions du procureur de la République , que je vous exhibe, afin de prévenir et rechercher des infractions notifiées sur lesdites réquisitions, donc sans votre consentement je vous demande d'ouvrir le coffre car nous sommes peut-être dans le cas de figure qui pourrait être proche des instructions du parquet. De plus il semble que ce soit du sang qui suinte sur le bas du coffre, serait-on dans le cas d'un urgence absolue ? En ma qualité d'officier de police judiciaire, je vous somme d'ouvrir ce coffre » !

Il s'avérait que le coffre n'était pas verrouillé. Dominique, épiant l'attitude du Major comprit très vite qu'il devait y avoir un « scmilblick » dans le compartiment à valises !

Le Major, toujours la tête penchée, passait une communication de son portable, afin de connaître les directives à suivre et établir les consignes de précaution concernant la préservation des traces et indices.

L'avocat n'eut pas à cogiter très longtemps, car un gendarme lui passa sans attendre les bracelets réglementaires. Dominique jugea de suite que ce qui se passait dans le coffre de sa voiture devait être de grande importance pour en arriver à cette situation. Il s'approcha tout de même de l'arrière du véhicule : un sac poubelle sanguinolant trônait au beau milieu de ce fichu coffre !

Le Major de gendarmerie, ganté, l'ouvrit : un sursaut collégial, et, souillé par le sang, un buste de femme assez jeune émergea !

Maître Levaud, stupéfait, n'exprima que quelques mots : « pas possible ! C'est impensable, je dois être en plein cauchemar, mais qu'est-ce que c'est que ce merdier » !

14

La voix du gendarme le ramena à la réalité : « Maître Levaud, à partir de cet instant, ce jour à dix huit heures quarante cinq, vous êtes placé sous le régime de la garde à vue pour meurtre, pour une durée de vingt quatre heures pouvant être prolongée jusqu'à quarante huit heures. Cette notification de placement en garde à vue fera l'objet d'un procès-verbal distinct. Vous aurez le droit de vous entretenir avec un avocat qui pourra vous assister lors des auditions, prévenir un membre de votre famille ou la personne avec qui vous vivez habituellement, et a faire l'objet d'un examen médical. Avez vous bien compris vos droits » ?

- « Oui je suis avocat, je connais mes droits » !

CHAPITRE III

FIN DE GARDE A VUE DE L'AVOCAT

Vingt quatre heures plus tard, par interventions très très supérieures, Maître Levaud, sortant de sa garde à vue, humait le petit vent matinal, lorsqu'il fut submergé par une douce mais non moins attendue étreinte, celle d'Hélène, sa compagne.

Elle arrivait de Lyon, pour l'accueillir à sa sortie et l'assister dans toutes ses premières démarches. L'enlacement s'éternisa bien plus que prévu. Puis pour les démarches de sa propre enquête, Hélène le conduisit directement à une société de location de voitures, car elle ne pouvait rester trop longtemps absente de ses obligations professionnelles.

A Montluçon, Dominique choisit un véhicule passe partout, car son Audi était immobilisée pour une période indéterminée. Ils finirent la matinée dans un restaurant que Dominique connaissait. Leurs appétits contentés, ils se quittèrent lentement, la légiste étant obligée de retourner rapidement sur Lyon en raison d'un emploi du temps très dense. De son côté, Dominique, teigneux, désirait tirer au clair les imbroglios qui lui ont valu un séjour derrière les barreaux très austères de la gendarmerie de Saint-Gervais.

Après le départ d'Hélène, l'avocat possédant les clés du pavillon de son père, partit s'y installer pour quelques temps, non sans avoir communiqué avec Claudine, la stagiaire, pour les consignes concernant les dossiers en cours.

Encore pensif, toujours secoué et intrigué par les circonstances de la découverte macabre dans sa voiture, suivies par sa garde à vue, il se devait malgré tout de rester à la disposition de la justice, avec ordre de ne pas quitter la région. Tout avocat qu'il était, il ne put s'empêcher de penser que le monde s'en allait de travers ! Dans l'immédiat il se sentait impuissant à démêler ce fichu mic-mac, n'y comprenant vraiment rien à rien. Pourquoi ce buste démembrer dans le coffre de l'Audi ? Voulait-on lui faire porter le chapeau d'un meurtre à cause d'une quelconque plaidoirie qu'il aurait effectuée, gagnée ou perdue ? Dominique avait beau se creuser les méninges, de les secouer en tous sens, aucun fait divers, aucun trait d'union lié à ses activités professionnelles ne pouvait justifier un acte aussi insensé. Il préféra se réfugier sous une bonne douche réparatrice ! Lui sera-t-elle bonne conseillère ? Un quart d'heure plus tard il en ressortit un peu plus décontracté, plus disponible et plus léger.

Requinqué, il recommença à réfléchir, mais peut-être d'une manière bien plus concrète. Certaines situations lui parvenaient à l'esprit. Être innocent ne garantissait aucunement sa non culpabilité au sens judiciaire. Dans un procès d'assises avec un juré populaire, tout pouvait arriver, il le savait très bien, lui, l'avocat, étant bien placé pour le savoir. Cette réflexion lui revenait sans cesse comme un boomerang. Il lui faudra attendre les avancées de l'enquête de gendarmerie. Seront-elles fiables ? Actuellement, bien que peu de personnes doutaient de son innocence, il se devait de continuer à penser sans faille, à se bâtir un emploi du temps à toute épreuve. De nombreuses zones d'ombres accusatrices n'allaient pas, comme par enchantement, s'estomper d'elles mêmes !

En connaissance des tribunaux, il savait très bien que l'innocence n'avait jamais
été un terme de droit, dans une juridiction pénale ce n'est jamais l'innocence du prévenu ou de l'accusé qui est débattue. Tout notre système judiciaire, malgré des débats contradictoires et des instructions à charge et à décharge, poursuivant le

délinquant, ne peut rendre qu'un verdict de culpabilité ou de non culpabilité, rien de plus, rien de moins. Aucune loi sur l'innocence n'est véritablement établie et, si des erreurs judiciaires restent toujours possibles, le ministère public renvoie en juridiction de jugement les dossiers dont les éléments matériels, preuves et indices, attestent de la commission effective de l'infraction. Le ministère public n'aime pas perdre ! L'innocence est-elle une pensée si abstraite ? Si tabou que cela ?

Continuellement, une question lui revenait : qui pouvait lui en vouloir à ce point ? Cela ne pouvait être le fait du hasard. Et puis les plaques d'immatriculation manquantes, enlevées, avaient elles pour but de le faire arrêter au premier contrôle inopiné ? Un contrôle dans ses moindres détails, ses moindres suspicions ! Si cela est réellement délibéré, il faut tout de même reconnaître que c'est une réussite !

Et maintenant ? Maître Levaud songea à baser ses recherches à partir du centre de rééducation et de sa ruche d'employés y circulant professionnellement. Toutefois, il y aurait bien un autre filon à exploiter : chercher, fouiner, du côté de l'entourage de la victime, de ses connaissances actuelles ou passées. La scientifique et certains éléments avaient permis d'identifier le buste, sa propriétaire étant Mlle Pascale Dumond, une infirmière de l'APADJ !

Dominique, ayant eu le flair de noter quelques numéros de téléphone, « à tout hasard » bien sûr, il composa celui de Christine Cheneau, la très proche amie de Pascale, histoire de mieux connaître et comprendre ce qui pouvait graviter de manière néfaste dans la vie de Pascale ! Il voulait son accord avec une heure précise car elle prenait son service en soirée.

Vaincu par la fatigue, il finit par s'assoupir, tenant dans sa main son carnet de notes de rendez-vous, déjà passablement éculé.

CHAPITRE IV

RETROUVAILLES DANGEREUSES

Pour ses obligations professionnelles, Hélène étant repartie, Dominique arpentait le parking de l'EPADJ, essayant de mieux cerner la trame de ce malheureux fait divers. Quel était celui ou qui était celle qui manipulait tout ces faits, tous ces mensonges ? Que pouvait-il y avoir de si mystérieux ? Que cachait ce sauvage assassinat ? Et si ce n'étaient que des histoires de cœur, d'alcôves peu avouables ? Allez donc savoir ! Pourquoi garder le silence ? Quel intérêt de ne rien dire?Cela ne pouvait qu'assombrir un peu plus la réalité, la vérité de l'horrible exécution ! En essayant de découvrir le « pourquoi », le bas du dos de l'avocat se mit à trembler.S'il y a une autre découverte de ce genre, l'avocat aurait certainement droit à d'incontrôlables soubresauts !

C'est dans cette profonde agitation qu'il ouvrit la porte de sa nouvelle voiture. Soudain, finement manucurée, une main se posa sur son épaule, puis une douce voix très suave et un tantinet enjôleuse, l'apostropha : « Dominique, c'est pas possible ! Cela doit faire un joli bail non ? Que viens-tu faire dans le secteur ? C'est tellement inattendu, j'en suis toute remuée ! C'est tellement inopiné cette rencontre !

Légèrement envoûté par l'harmonieux timbre de voix , lentement, Dominique se retourna : un certain passé sulfureux lui revenait en pleine face ! Avec beaucoup de difficultés il ravala sa salive : Patricia ! Et tous les épisodes de l'histoire de son existence étaient là, bien réels, juste en face de lui.

« Hé ho, Dominique, tu rêves ou quoi ? Il est pour moi ce regard éperdu, ce faciès émerveillé » ?

« Excuse moi Patricia, mais je calculais de combien de temps nous nous étions éloignés ».

« Je vais te le dire Dominique : exactement dix-huit mois ».

Tout en dévisageant cette attirante vision, Dominique ne put s'empêcher de penser à une autre femme aussi désirable : Hélène. Hélène et ses gestes de haute tendresse qui avaient le don de se transformer en passion réciproque.

« Hé ho Dominique ! Ça y est, il est encore dans les nuages ! J'ai l'envie de te demander : as-tu un emploi du temps chargé pour cet après-midi ou rien de spécial au programme » ?

« Pourquoi me demandes-tu cela » ?

« Vue l'heure bien avancée, et pour marquer notre nouvelle rencontre, je t'invite à dîner. Dînons ensemble, qu'en penses-tu » ?

Ne pouvant que songer au passé, Dominique pensa aux autoritaires embrassades de Patricia. Seulement, le temps passant, il la jugeait trop possessive, trop impatiente, dans ses volontés comme dans tous ses désirs. Il serait donc bien plus prudent de sortir de cette invitation, avant que celle-ci n'aboutisse à un scénario dont il connaissait trop bien le final !

Et dire qu'elle faisait à nouveau irruption dans des moments peu propices à la bagatelle ! De plus, fidèle à son image de femme trop sûre d'elle-même, Patricia ne se gênait pas pour lui faire du rentre-dedans, très confiante en son pouvoir de saduction féminin !

L'homme qu'il était voyait ressurgir la vision d'un corps explosif ! Puis il lui revint en mémoire un léger détail sur l'anatomie de la belle : ce grain de beauté qui trônait sur le rebondi de la fesse droite. Une troublante marque de fabrique ! Celle-ci possédait le don d'attiser les ultimes faiblesses du partenaire, car à chaque crispation, cela avait le chic de provoquer d'intenses et chaudes sensations.

S'extirpant de ses adorables pensées, penchant plus ou moins vers un érotisme enchanteur :

« Patricia, je ne pense pas que cela puisse être une bonne idée ce tête à tête !

« Mais pourquoi ? J'ai mon emploi du temps libre, tout à fait vierge pour cet après-midi. Il se pourrait bien que je te le consacre » !

« Patricia, je vais être catégorique ! Bien que tu sois toujours aussi désirable, tentante, je te rassure, je refuse ta proposition. Ce n'est surtout pas la crainte d'un possible désenchantement, ce serait même tout le contraire, car je suis vraiment dans la crainte de céder à une possible tentation, mais j'ai trop bien connu la puissance de tes désirs charnels » !

« Dominique, si je comprends bien, il me semble que tu es fortement amoureux d'une autre femme, je me trompe ? !Et moi qui souhaitais que ton histoire avec Laure était du domaine du passé » !

« C'est exact ! Avec Laure c'est du domaine du passé, depuis quelques temps déjà ! Bon je vais tout te dire : actuellement je suis accompagné par une autre femme dont je suis profondément épris. Je suis devenu sage et ma vie passionnelle est des plus satisfaisantes ».

« Elle s'appelle comment cette nouvelle muse » ?

« Hélène. Elle accapare l'essentiel de mes pensées d'homme et de tout ce qui peut graviter autour : les discussions, la tendresse, les désirs ».

« Et cette Hélène je la connais » ?

« Je ne pense pas ! Elle est médecin légiste sur Lyon, notre connaissance remonte aux années lycée. Et nous nous sommes retrouvés par pur hasard, sur un dossier commun. Je préparais une plaidoirie assez scabreuse sur ma première cour d'assises. Elle était mandatée sur la même affaire en tant que légiste, qu'ajouter de plus ? A chaque nouvelle retrouvaille, nous avons toujours la même attirance, une même complicité partagée ».

« Ho la la ! Là-haut dans ta tête ça a l'ai de bien gargouiller ! Tu me sembles sérieusement accroché. Je pense que cette Hélène que je ne connais pas semble posséder beaucoup de charme et de détermination pour t'enjôler comme çà à ce point » !

« Peut-être ! Ce genre de passion n'est vraiment pas écrit par avance. Tu me connais assez bien pour le savoir. Pourquoi tu ris ? Oui je suis un mec : donc fragile » !

« Fragile toi » ?

« Tu en doutes ? Et bien oui, des plus fragiles, avec la gente féminine bien sûr ! Il faut avouer que vous les femmes, ne baignez pas dans la facilité, comme vous vous plaisez à le dire ! Et moi, dans tout cela, je vous cède trop facilement. Du reste, après maintes réflexions, il vaut mieux ne pas essayer de vous comprendre, mais plutôt du temps à vous aimer » !

« Mais Dominique, c'est ce qui te rend si attirant ! Tu aimes à nous faire croire : il est pour moi ce mec ! Que nenni ! A propos, si tu changes d'avis , ou à la rigueur, si cette Hélène, que je ne connais pas, finissait de se lasser de toi, ne souris pas, cela pourrait arriver, tu pourras toujours venir te consoler si tu penses encore un peu à moi. Tu as toujours mon numéro de téléphone dis » ?

Puis elle le gratifia de son plus beau sourire engageant, avec l'impression de lui communiquer le regret   d'une partie de jambes en l'air prometteuse. Et son visage endossa une apparence de tristesse en songeant que l'occasion de prendre Dominique dans ses bras, était pour l'instant très utopique.

Par contre, lui l'avocat, revenait à des choses plus concrètes. Il songeait surtout à son attitude désinvolte de courtiser les femmes, afin de se sentir plus en osmose avec elles et beaucoup moins bien dépendant. L'envahi dessante Patricia lui renvoyait le reflet, son reflet, qui avait tendance à proposer à son entourage celui d'un charmeur attirant.

Pourtant, en contre partie, il pensait à la possibilité de reprocher aux autres ce qu'on déteste le plus dans sa personnalité. Et prenant alors les devants : « Patricia, ce fut un très grand plaisir de t'avoir revue » !

Patricia haussa légèrement les épaules,

dubitative.

Dominique, en souvenir d'un passé relativement récent, l'embrassa légèrement sur les joues, évitant les lèvres et d'avoir à soutenir un regard inquisiteur. Il lui même il se disait qu'il fallait éviter le diable, ce diable qui répondait facilement au prénom de Patricia. Il saisit ses clés, jeta son blouson sur la banquette arrière de la voiture de location, puisque la sienne était en fourrière et que des scellés empêchaient de pouvoir la récupérer jusqu'au moins la fin de l'enquête par la gendarmerie de Pionsat !

Une grande envie de s'échapper rapidement du parking le tenailla ! Il jeta un coup d'œil sur l'horloge du tableau de bord : dans trois heures il pourrait être à Lyon, embrasser Hélène, savourer son contact et s'imprégner des odeurs de son corps, caresser ses cheveux et se laisser envahir par de doux chavirements.

A peine sorti de l'enceinte du parking, il s'épongea le visage, pas mécontent de s'être extirpé sans trop de bobos, du piège charnel, représenté par une envoûteuse de première prénommée Patricia !

On pourrait même le traduire autrement : échapper de justesse à la tentation !

CHAPITRE V

PASSATION DE POUVOIRS

Dans le bureau de la gendarmerie de Pionsat, le Major Mansourt discutait avec un nouveau venu : le Lieutenant Charbonnier. Celui-ci venait d'être envoyé par le parquet de Clermont-Ferrand pour s'occuper de l'affaire Pascale Dumond.

« Lieutenant, j'ai dans l'idée que vous n'allez pas passer inaperçu, incognito, dans le secteur ! La population de Pionsat et ses hameaux, connaît par cœur tous les représentants de la gendarmerie. Sincèrement, comme d'habitude, certains curieux fouineurs déambuleront à la gendarmerie pour des mobiles futiles, rien que pour être au courant des dernières nouvelles de l'enquête. Dès votre présence connue, il y aura certainement quelques déçus de votre arrivée, et certains autres, au contraire, en seront satisfaits. Ils n'ont pas fini de bavasser sur l'intervention du parquet de

Clermont-Ferrand puisque c'est lui, avec votre hiérarchie de la brigade de recherches, qui a décidé de vous affecter ici le temps de l'enquête.

Le Lieutenant Charbonnier prit la parole : « Major, en étudiant les premières pages de votre rapport, la chose principale qui m'a le plus intriguée, c'est que personne n'a rien vu ni entendu. Ceux qui semblent avoir des choses intéressantes à raconter, ne racontent pour la plupart, que des conneries, des brèves de comptoir ! Major, cet avocat, Maitre Levaud, qu'en pensez vous » ?

« Maitre Levaud, suite aux déclarations des témoins de bonne valeur et de moralité reconnue, attestant de ses emplois du temps de la semaine précédente, a été relâché ce matin même : non coupable, tout au moins ayant un alibi solide, étranger à ce crime effarant et odieux. Il faut dire tout de même que c'est dans le coffre de sa voiture que le corps de Pascale Dumond a été trouvé ».

« Que venait-il faire dans notre région ? Il est du barreau de Lyon non » ?

« Le père de Maitre Levaud est résident à la maison de retraite de Pionsat, mais après avoir fait un AVC il est actuellement pensionnaire au centre de réadaptation.
Monsieur le Maire l'avait invité à la place de son père pour les festivités de village, au château ».

« Bien ! Et son véhicule ? L'audi « ?

« Sa voiture est toujours sous scellés ici en

fourrière. On s'interroge toujours sur l'énigme du coffre. Nous avons le buste, et pour le reste, aucune piste » !

« Comment ça »,

« La question qui continue à nous intriguer est celle-ci : pour y placer le buste de Pascale Dumond, l'histoire du coffre est réglée, la voiture n'était pas verrouillée. Voilà pour celui-ci. Mais concernant les membres du corps c'est l'inconnue totale! Lieutenant, puisque vous êtes de la région, vous devez donc bien connaître la mentalité des gens d'ici. Si je vous dis cela c'est uniquement pour éviter de heurter les âmes chagrines et faciliter les prochaines entrevues ».

« Pour être de la région, je suis né à Saint-Eloy les mines, vous voyez ».

« Lieutenant, il est vrai que les gens d'ici sont excessivement méfiants envers ceux de la ville qu'ils ne connaissent pas. En fait, ils ne demandent qu'à voir, voir ce qu'ils ont dans le ventre, s'ils ressentent de la franchise, de l'honnêteté, de l'humain en quelque sorte. Ils finissent toujours à s'ouvrir aux sentiments en leur accordant de la confiance. Mais attention à ne pas les heurter à ce moment là ».

« C'est bien pour cela que je suis envoyé ici, moi le natif de la région. Revenons sur le dossier Dumond. Je vais commencer à avoir un entretien avec cet avocat, Maitre Levaud. Le dialogue risque d'être intéressant car il me donne l'impression d'être une personne à l'intelligence au dessus de la moyenne et de très sensée. Son nom, Dominique Levaud ne m'est pas inconnu. Et j'ai souvent entretenu des relations assez amicales avec ses confrères ».

« Comment cela » ?

« Un avocat regarde toujours le versant opposé à celui de l'enquêteur, son raisonnement sera de chercher et d'avoir un tour d'avance par rapport à celui-ci, histoire de saboter systématiquement leurs déductions. C'est dans leurs gènes, leur nature, de voir les choses ainsi. Ils ont l'esprit contradictoire, comme notre système judiciaire, et rien ne semble leur échapper, ne serait-ce que le plus petit des détails. Une simple virgule par exemple, pour trouver la faille dans la procédure et soulever un vice. C'est leur boulot ».

« Au fait, si d'un côté Maitre Levaud a été temporairement hors de cause, nous pouvons convoquer le dénommé Bruno Chassaing. Il est bien le compagnon attitré et … possessif de Pa scale Dumond la victime » !

« Bon c'est bon pour moi Major. Qu'allez vous faire maintenant?Je peux vous détacher un effectif pour vous aider ».

« Pour le moment, je n'en ai pas l'utilité. Quand devez vous revoir cet avocat » ?

« Demain après-midi, juste pour un complément

d'enquête ».

« Bon au fait major, si je me souviens bien c'est toujours le mardi matin le marché de Pionsat » ?

« Exact ».

« Je vais aller y faire un petit tour, histoire de prendre la température des racontars!Il y aurait peut-être quelque chose de concret à glaner ».

En se levant et prenant congé, le Lieutenant Charbonnier serra la main du Major.

CHAPITRE VI

MARCHE DE PIONSAT

Pendant que la gendarmerie s'occupait de la convocation du compagnon de Pascale Dumond, tel un touriste en balade, le Lieutenant Charbonnier arpentait les allées du marché de Pionsat, espérant glaner, recueillir ci et là quelques renseignements intéressants sur la vie de la victime, son tempérament envers autrui voire de ses mœurs, pourquoi pas.

Sur le marché, discutant avec le boucher, ce dernier ne manqua pas de lui signaler, en la désignant de la main, une petite femme portant allègrement ses quatre vingt balais !

« Voila Lieutenant, c'est Madame Mathieu, Rose. Elle est … elle était plutôt, voisine de Mademoiselle Dumond. C'est bien elle qui pourra vous en dire davantage sur la victime ».

Puis parlant plus bas : « c'est vrai ce qu'on raconte, elle aurait été découpée » ?

Charbonnier ne répondit pas.

« Comme gazette du quartier, la Rose, vous ne trouverez pas mieux » !

Charbonnier accosta de suite ce témoin providentiel :

« Bonjour Madame Mathieu ».

« Bonjour jeune homme, je passe tout d'abord mes commandes et je suis à vous. En paroles, n'exagérons rien ! Salut Edmond, pour aujourd'hui tu me mettras un steak haché, et deux côtes de porc. Ah ! Je vois que tu nous as fait du boudin. Il est bon au moins » ?

« Allons Rose, tout est bon chez moi » !

« Ouais, bon d'accord, tu m'en couperas une petite part, que j'y goutte. S'il n'est pas comestible je te le ramène » !

« Il faut bien que vous râliez un peu Rose, sinon ce ne serait plus Rose » !

« Chante beau merle ! Oui jeune homme, que vouliez vous me dire » ?

« Madame Mathieu, je me présente : Lieutenant Charbonnier, du SRPJ de Clermont-Ferrand, j'enquête sur la mort de Pascale Dumond ».

« Quelle horrible affaire mon bon Monsieur ».

« Vous qui étiez une très proche voisine de Pascale Dumond, elle vous paraissait inquiète ces derniers temps ? Elle vous donnait l'apparence de quelqu'un de nerveux ? D'apeuré » ?

« Hé Monsieur, la vie des autres m'importe peu, je ne m'en occupe guère » !

« Sur ce point là vous avez entièrement raison Madame Mathieu. Mais vous devez certainement connaître un tant soit peu ses relations, son style de vie. Quels sont ses proches connaissances, ses proches amis ? Son compagnon, ce Bruno Chassaing, comment se comportait-il avec elle » ?

« Ho celui-là, ce doit être une véritable fripouille, de la graine de repris de justice ! C'est vrai qu'il est beau gosse mais enfin »...

« Comment cela » ?

« Je ne l'ai jamais vu travailler, ce n'est certainement pas à lui que je confierais les clés de ma maison. Si je pouvais résumer leur vie de couple, je dirais que je les entendais fréquemment s'engueuler, parfois même assez violemment. Ces derniers temps, Pascale semblait assez soumise. Ces derniers jours, lorsqu'on se croisait, je m'apercevais très bien de sa triste mine. Vous savez, mon bon Monsieur, les yeux, le regard, ne savent pas mentir » !

« A ce point la » ?

« Et encore je ne pouvais pas la voir lorsqu'elle était chez elle, dans son appartement ! Et dieu sait qu'elle avait un bon métier, pensez donc, infirmière ! Par contre, lui, ce Chassaing, il devait s'occuper principalement de son porte monnaie.

Une véritable feignasse ce mec ! Par contre pas trop feignasse quand il s'agissait du goulot d'une bouteille » !

« Je vous remercie Madame Rose, ces renseignements peuvent être de grande importance » .

« Au fait jeune homme, je remarque que vous ne prenez aucune note, clomme vos collègues de la télévision ».

« Ne vous en faites pas Madame Rose, j'ai une très bonne mémoire, l'ensemble de votre récit sera retranscrit sur un ordinateur. Et de lui montrer un dictaphone ».

« Alors s'il y a un ordinateur maintenant ! Et toi le boucher, elle est prête ma commande » ?

CHAPITRE VII

CONVOCATION DE MAITRE LEVAUD

Répondant à la convocation de l'officier Charbonnier, Maître Levaud faisait les cent pas, en attendant que celui-ci veuille bien le recevoir.

Dominique traversa le couloir afin de rejoindre la petite salle de détente, et se servit un gobelet de café. Ce n'était vraiment pas un rite habituel de sa part, mais le besoin de caféine complémentaire se faisait trop désirer. Après une attente un peu longue, il décida, pour tuer le temps, d'en prendre un autre. Il dut patienter derrière un fonctionnaire en uniforme. Celui-ci donnait l'impression de préparer des cafés pour toutes les brigades de la gendarmerie !

« Désolé » lui dit le fonctionnaire en apercevant sa présence derrière lui.

« Aucune problème, je peux patienter » répondit l'avocat.

Pensant reconnaître le timbre de voix, le militaire se retourna : « Maitre, je voulais vous demander. Quand j'ai voulu me servir de la photocopieuse, j'ai trouvé votre photographie à l'intérieur. Quelqu'un l'aura oubliée par erreur ».

« Sincèrement là je ne pense pas bien vous comprendre. Ma photo » ?

« On l'a certainement retirée du tableau d'enquête, pour en faire une copie, voire plusieurs, et cette personne a omis de la remettre à sa place » !

« Vous avez demandé autour de vous aux responsables d'enquête, au directeur d'enquête ? Ce doit être eux » ! ! Dans quel but a-t-on voulu en faire des copies ? Il y a vraiment des personnes qui ont du temps à perdre

« Oui je suis bien d'accord avec vous, mais je m'interroge quand même ! ! Dans quel but a-t-on voulu en faire des copies ? Il y a vraiment des personnes qui ont du temps à perdre » !

En laissant le gendarme cogiter sur le fond de cette histoire : « c'est certainement comme vous dites, il y a des personnes qui ont beaucoup de temps libre » !

L'avocat, à son tour, réfléchissait à l'attitude qu'il allait prendre, dans cette histoire pas si banale que cela. Etait-il au centre d'une intrigue ou d'un autre problème non dévoilé ? Il se demandait bien ce qu'ils avaient en tête. Devant l'absence de réponse probante, il se sentit de plus en plus mal à l'aise, comme un sentiment de frustration. Son cœur s'emballait. Encore coincé par des question continuellement sans réponse, il ne s'aperçut pas de la présence à ses côtés, d'une personne qui paraissait être une connaissance.

« Lieutenant Charbonnier, du SRPJ de Clermont-Ferrand. Maître Levaud, si vous cherchez l'auteur de la photo oubliée dans le photocopieur, c'est moi même ».

« Puis-je connaître le motif de cette démarche » ?

« C'était dans le but d'un complément d'enquête pour mon dossier tout à fait personnel. C'est également moi même qui vous ai convoqué. Accompagnez moi dans le bureau qu'on a daigné m'allouer. Votre photo avait pour motif de donner un visage sur chaque protagoniste du dossier Dumond. Et puis maître Levaud, nous nous connaissons de très longue date » !

« Comment ça » ?

« Et oui, depuis le collège de Saint-Eloy les mines, nous étions dans la même classe il y a une bonne quinzaine d'années de cela ».

Dominique se creusant les méninges, demanda à l'officier : : « dans quelle classe étions-nous » ?

« En troisième, juste avant de partir étudier au lycée. Vous à Lyon et moi à Clermont-Ferrand. N otre professeur de Français était Guintini, un Corse ».

« Ok, je me souviens maintenant, vous êtes Denis, Denis Charbonnier. Maintenant je vous remets très bien. Vous êtes donc dans la police à ce que je vois ».

« Et oui, et vous dans la défense de la veuve et de l'orphelin. J'ai parcouru longuement vos états de service professionnels ».

« Le monde est vraiment petit » !

« Venez avec moi dans le bureau ».

« Ha bon » ?

« Connaissant votre réputation actuelle, je souhaiterais que vous me sondiez une certaine personne ».

« Je vous suis, qui est-elle » ?

« La meilleure amie de la victime, Christine Cheneau ».

CHAPITRE VIII

PERVERSION

Pour mieux saisir l'état d'esprit dans lequel la victime, Pascale Dumond, se trouvait, avant son impensable assassinat, Dominique avait réussi à obtenir un tête à tête avec sa meilleure amie et collègue de travail de surcroît : Christine Cheneau. Cette entrevue avait donc pour but essentiel , de cerner l'ambiance qui était de mise avant le drame.

Christine, après quelques difficultés à entrer dans le vif du sujet, avait fini par disserter sur l'intimité de feu son amie. Elle aborda par la philosophie à tendance perverse qui régnait dans le couple.

« Maître, je suis certaine que la perversité peut se décliner à l'infini. Je pense sincèrement que même les femmes seraient tout autant représentées que les hommes ! Tant que l'ensemble de la mentalité de notre société sera de continuer de nier l'évidence de la douleur des victimes. Nous ne pourrons jamais effacer les réflexions, celles qui nous font accuser de faiblesse de caractère, ces personnes qui sont continuellement harcelées à longueur de journée, humiliées et entièrement réduites à des moins que rien ».

Afin de reprendre son souffle et pour suivre la discussion, Christine fit une pause. D'une manière plus rageuse, elle haussa légèrement le ton : « la plupart de la rue préfèrent, c'est dans leur habitude, se voiler la face, ne rien voir, ne rien entendre, ignorer la vérité en quelque sorte. Savez-vous Maître, que les victimes de véritables pervers, subissent un harcèlement continuel consistant à mettre l'autre sous son emprise. Celle-ci peut se manifester par plusieurs paliers. Le harcèlement peut débuter par des réactions déstabilisantes, des attitudes que la proie ne soupçonnait pas . Le tout entremêlé de silences pesants, inconfortables, qui la mettra constamment sur le qui-vive ! Tout cela sans discontinuer, car le résultat sera de faire plonger la personne dans une évidente insécurité, à laquelle s'ajoutera un sentiment d'impuissance, la peur de tout mal faire, la culpabilité. Une fois ces sentiments bien ancrés, bien acquis, alors la descente vers la vie infernale commencera. De plus, si la victime n'est pas autonome financièrement , alors l'étape suivante sera de contrôler les dépenses, dans une totale dépendance. De fait, une séparation deviendra de plus en plus improbable, ne serait-ce que matériellement. Pour éviter les appels de détresse, le rabaissement d'autrui sera un autre mécanisme : il est orgueilleux, nul à chier, vénal, ta collègue marche vraiment à côté de ses pompes etc.... ! Automatiquement il n'aimera pas les relations de la victime, ses amis. Il lui faut tout contrôler, tout isoler. Son leitmotiv sera de la harceler continuellement, cette seconde nature deviendra la première, la principale. Tenez Maître, si la souffre-douleur a besoin de se reposer, il lui parlera ou bien écoutera de la musique sans mettre le casque écouteur,et en forçant la puissance de l'ampli ou du volume. Cette musique sera forcément la sienne. La victime finira par s'affaiblir, entrant dans une dépendance complète et dans l'incapacité de retrouver sa véritable identité, de réagir d'elle même en quelque sorte. Après cela, même pendant, arriverons les critiques et reproches de toute nature. Il n'y aura pas de réponse aux demandes affectives. Que des reproches, voire des menaces.

Il faut savoir qu'en rabaissant l'autre, ce manipulateur se donne un sentiment de parvenir à s'élever, à redorer sa propre image, se mettre en avant, se réévaluer.

Véritable agression psychique, violence psychologique, cette torture mentale sera réitérée durant de longues périodes. Souvent cela se terminera par des acharnements successifs, reportant sur l'autre la difficulté ou les difficultés du couple pour au final, devenir physique, altérant la santé de la victime.

Christine fut une nouvelle pause, puis devant l'écoute de l'avocat, reprit sa démonstration.

Au départ, cette violence sera donc verbale et psychologique, mais pour combien de temps en restera-t-il ainsi ? Puis pour éviter la honte de monter au public, à son entourage quotidien, aux connaissances, d'afficher le degré de la soumission ans laquelle la victime est plongée et soumise, elle va trouver refuge dans la solitude. Elle sera isolée. En y réfléchissant, l'objectif du pervers sera d'arriver à ce que son pantin s'autodétruise. Ces armes psychiques sont des armes idéales, elles ne laissent aucune trace apparente. Quoiqu'il arrive ce ne sera jamais lui, le pervers, le coupable ».

Dominique refoulant un profond sentiment de dégoût envers les pervers de toute origine, restait un bon moment sans voix. Il préférait patauger dans des idées bien plus affectives et passionnantes. L'envie de s'échapper et de retrouver hélène sous la couette avenante le démangeait. Seulement la réalité du moment reprit le dessus, car Christine, l'amie de Pascale, avait maintenant beaucoup de difficultés à continuer son exposé. Elle semblait désirer confier certaines choses d'importance, sans savoir comment y parvenir, l'émotion s'était emparée d'elle.

Dans son désir d'en savoir plus, Dominique, par compassion, lui prit la main.

« Christine, vous devez m'en dire certainement un peu plus, sur les confidences que vous aurait, avec confiance, confié Pascale. Vous désirez boire un peu ? Je vais chercher un pichet d'eau. A mois que vous désiriez autre chose ? Alors nous reprendrons cette conversation sur le profilage de tous ces pervers anonymes ou pas ».

Dominique, ne voulant pas détruire le sentiment de confiance instauré, ne s'attarda pas pour reprendre le dialogue. Christine lui confia à ce moment qu'elle avait fait la promesse à Pascale de garder le silence sur tout ce qu'elle:lui confierait.

« maître, comprenez moi, je lui avais donné ma parole, mais j'avoue que depuis cette horrible découverte je suis beaucoup moins certaine de moi ».

A chaque allusion à la personnalité de Pascale, la voix de Pascale se brisait, s'entrecoupait d'écoulement de larmes.

Reprenant enfin sa respiration, elle lui confia que son amie et collègue était complètement détruite psychologiquement. Sans cesse, son compagnon Bruno Chassaing, l'asticotait, la terrifiait même. Violence domestique quotidienne, rien n'allait jamais. Pascale vivait complètement sous l'emprise de Bruno.

« Maître, si vous estimez que cela puisse être utile pour l'arrestation du sauvage qui l'a assassinée, je serais prête à témoigner de cela à la gendarmerie ! Vous savez Maître, ces jours derniers, je l'avais même convaincue d'assister à un colloques sur les violences faites aux femmes ».

« Cela n'a pas dû être facile ».

« C'est vrai, mais dernièrement, elle avait réussi à faire le premier pas, assister à une nouvelle séance. Elle même n'avait plus la force de tenir tête. Sincèrement, petit à petit, elle reprenait du poil de la bête, elle voulait en sortir. Elle avait décidé de considérer son compagnon autrement, et pour avoir la paix, de lui faire croire qu'elle seule était la cause de leurs problèmes, c 'est Juliette qui me l'avait relaté ».

« Juliette » ?

« Oui Juliette est sa sœur. Juliette lui avait fait les mêmes remarques quelques temps auparavant. Pascale n'acceptait plus d'être considérée comme seule responsable du gâchis de leur couple. La veille de sa disparition, elle me confiait qu'elle désirait vraiment le quitter. Une énième fois je lui proposais de venir loger chez moi pendant quelques temps ».

« Il est vrai que rompre dans ces conditions est une décision lourde de conséquences, très important à prendre. D'après les statistiques, il serait acquis que les déchaînements de violences se produiraient en grande majorité au moment de la rupture. De plus, par expérience professionnelle, je peux le confirmer avec certitude. C'est hélas le genre de scénario qui se réitère très souvent. Le mobile de ces actes de violence sont systématiquement toujours les mêmes : le pervers refuse catégoriquement que sa victime le quitte, c'est sa chose, elle lui appartient ».

Reprenant sa respiration, Christine avala sa salive comme si sa gorge lui brûlait. Entre deux larmes, elle prononça ces quelques mots en sourdine : « je ne l'ai pas revue depuis ce jour ».

« Christine, excusez moi, je peux vous poser une question » ?

Le regard de la jeune femme lui accorda ce désir.

« Christine, j'ai du mal à comprendre cette empathie que vous portez envers votre collègue, pourquoi » ?

Pour se reprendre de ses émotions, un blanc fut nécessaire, puis en prenant la parole : « parce que j'ai vécu le même enfer qu'elle, pendant trop longtemps, de trop nombreux mois ».

Abasourdi, Dominique créa à son tour un

moment de silence. Puis compréhensif et lui tenant le bras, il évita le regard de Christine qui était plongé dans l'infini. Doucement, il préféra s'éclipser de la pièce, témoin d'une émotive détresse humaine.

CHAPITRE IX

AUDITION DE Mme SANTINI

Le planton de la gendarmerie de Pionsat, fit entrer dans le bureau du Lieutenant Charbonnier, une très jolie femme à l'élégance naturelle, aux formes longilignes.De suite, venait a l'esprit l'image d'un félin roux, à la démarche tout en souplesse. Ses cheveux mi-longs véhiculaient de multiples reflets flammés. Pour agrémenter un visage expressif, de magnifiques yeux verts mettaient la touche finale à une sensualité à fleur de peau. Le succès devait être de mise auprès des hommes qui osaient la défier du regard.

« Installez vous madame Santini ».

La manière et le ton avec lequel l'OPJ s'adressait à la jeune femme, dénotait une légère pointe d'agressivité de sa part. Etait-il mal à l'aise devant cette agréable présence ? A moins que l'horrible événement survenu dans ce paisible village, agissait nerveusement sur son attitude. Si l'officier dévisageait la jeune femme avec beaucoup de retenue, elle, par contre ne se gênait nullement pour le dévisager effrontément , certaine de son effet dévastateur.

« Madame, en tant que cadre infirmière, que pensez vous du sanguinaire massacre de votre collègue Pascale Dumond ? Avez vous ressenti quelques signes, disons inhabituels, qui auraient qui auraient pu prévenir un drame futur » ?

« Si Pascale avait eu ces problèmes que vous décrivez, cela ne perturbait aucunement la bonne marche de sa mission, ni des services s'y rapportant.Elle était une très bonne infirmière et sa vie privée n'empiétait pas sur son travail ».

« Bien. Ces derniers temps, Christine Cheneau était en couple, connaissez vous son compagnon » ?

« Je l'avais entrevu plusieurs fois déposer Christine à son travail, ou venir la rechercher à la fin de son service, mais rien de plus. Sinon il me semblait un peu ours, il affichait un air revêche pas des plus commodes.Parfois il semblait même très collant, très très collant même avec elle. Mais je ne l'ai pas vu souvent, vraiment ».

« Merci. Maintenant je vais vous poser une question qui fâche ».

L'œil noircit d'un seul coup : « dites toujours » !

« Pouvez vous me décrire votre emploi du temps de la journée du cinq septembre ? Il y a cinq jours de cela. Le cinq septembre est le jour de l'assassinat. Le quatre elle quittait son service en fin d'après-midi, et depuis »...

« Attendez ! Madame Santini releva son visage de Madone car elle n'avait sûrement pas envisagé à quel degré une déstabilisation pouvait faire réagir en entendant ce type de question. Mais pourquoi ? Que me reproche-t-on ? Je suis considérée comme suspecte » ?

« Simple question de routine Madame. Je suis naturellement obligé de vous poser cette question. Nous ne vous reprochons absolument rien ».

 Puis avec un sourire narquois : « pour le moment. Par contre si vous ne vous en souvenez pas, mon problème sera également le vôtre et restera entier ».

Sans attendre d'autres propos de ce style, Madame Santini sortit un agenda de son sac à main et en tourna nerveusement les pages.

« Voila Lieutenant, c'est écrit là noir sur blanc. Le cinq septembre je travaillais comme tous les autres jours de cette semaine et de plus j'étais de permanence mon horaires se déroulant en matinée, de six heures à quatorze heures ».

« Autrement dit, cela sera facilement vérifiable » répondit l'officier d'une voix bien plus douce, espérant entrevoir et entendre celle de l'infirmière moins sévère et plus souriante.

« Lieutenant, je me souviens aussi pour votre gouverne : juste après la fin des repas des résidents, je ne me suis pas trop attardée car je ne me sentais pas très en forme, à vrai dire, pas dans mon assiette ».

« Et vous avez pris congé de vos collègues vers quelle heure ? Vous en avez parlé à votre hiérarchie » ?

« Pour mes supérieurs, forcément. Pour l'heure de mon départ du centre, jne peux vous l'indiquer avec exactitude. Les consignes et transmissions entre l'équipe du matin et celle de l'après-midi étaient terminées. A deux ou trois minutes près il devait être treize heures trente ».

« Après, pour le restant de l'après midi et de la journée, vous étiez chez vous » ?

« Après être rentrée je n'ai absolument pas quitté mon domicile ».

« Quelqu'un pourrait en témoigner » ?

Cette fois-ci, l'infirmière Santini explosa : « non, non, bien sûr que non, ne vous en déplaise ! Je vis seule et comme je viens de vous l'expliquer, j'étais toute barbouillée, une envie continuelle de vomir si vous préférez. Je n'avais aucun témoin galant pour vous le confirmer ».

Sous la colère, le visage de la jeune femme blêmissait.

L'OPJ lui remit une convocation officielle : « Madame Santini, vous serez convoquée demain matin, ici, à la gendarmerie, afin de valider votre déposition ».

L'infirmière, souffle oppressé, la convocation en main, sortit rapidement hors du bureau, accompagné par le Lieutenant Charbonnier. Les tremblements de ses mains trahissaient sa nervosité. Elle bouillait intérieurement. S'accapara la poignée de la porte, elle essaya de contrôler ces fichus tremblements, de cacher cette subite montée d'adrénaline.

« Je peux en connaître la cause » ?

« La cause est très simple. Je pars pour être infirmière libérale. Cela fait plus de dix ans que je travaille dans cet établissement, j'éprouvais le besoin de respirer ujn autre air que celui-ci. Et puis l'ambiance, depuis l'arrivée d'un nouveau bureau directeur, n'est plus la même. Elle a une fâcheuse tendance à vous rabaisser ».

« Ah bon ? Et vous connaissez le nom de celui ou de celle qui vous remplacera » ?

« Cette personne n'a pas encore été désignée. Tout ce que je sais, c'est qu'en interne, deux infirmières postulaient sur le poste.D'ailleurs ces deux infirmières sont très amies ».

« Et ce fameux cinq septembre, elles travaillaient toutes les deux » ?

« Je crois bien que Martine était de repos et

Pascale, je regarde mon carnet, Pascale était de service toute la matinée ».

« Donc elles étaient de repos ensemble, l'après-midi. Et vous dites qu'elles sont très amies »...

« Très proches, elles ne se quittent pas. Par contre je ne pense pas qu'elles connaissent leur mutuelle et individuelle intention ».

« Avaient-elles des chances, l'une comme l'autre, d'être nommées à votre poste » ?

« Il est exact qu'elles sont de bonnes infirmières, aussi vbien l'une que l'autre, seulement »...

« Seulement » ?

« Comme je vous l'ai dit précédemment, une collègue de l'hôpital de Montluçon tiendrait la corde ».

« Une infirmière extérieure ? Tiens dons » !

« C'est l'administration Lieutenant, dans votre profession, vous devez certainement en avoir une petite idée » !

« Madame Santini, dans ces derniers événements, vous m'avez été d'un grand service. Au revoir Madame ».

Le Lieutenant la regarda s'en aller, très songeur.

CHAPITRE X

DECOUVERTE MACABRE

De bonne heure, dans la rosée d'une matinée d'automne, le jeune Christian s'adonnait à la cueillette de champignons. La pluie de ces derniers jours devrait favoriser une bonne poussée de girolles, de cèpes, ou autres champignons de ce genre.

La récolte ne s'annonçait pas comme étant une cueillette exceptionnelle, mais s'avérait intéressante tout de même.

Dans ses tribulations , une odeur insipide venait parasiter celle des autres senteurs des bois, bien plus agréables et vivifiantes. Une odeur pareille devait émaner d'un phallus impudique. La curiosité aidant il se dirigea vers l'origine de la puanteur, aucun satyre puant ne se trouvait aux alentours.Malgré la négation de ses recherches,

Christian, cabochard, continuait ses investigations !

Enfin, dans une dénivellation, il découvrit un sac poubelle dans un fossé, c'était bien à partir de là qu'émanait cette fétide et infecte odeur.

Comme un gamin de son âge, curieux, son canif fit une large ouverture. Éventrant le contenant, l'odeur fut de plus en plus insupportable. Il ne put retenir un cri d'effroi digne d'un film d'épouvante : un bas de jambe, cheville et pied lui apparut, ce qui le tétanisa, figé, complètement hypnotisé. A la vue de l'effroyable découverte, il fut aisé de reconnaître ce pied manucuré qui devait appartenir à une femme, relativement jeune de surcroît. Pour la partie restante dans le sac, cette partie de jambe ne devait pas rester orpheline.

D'un seul coup, Christian prit peur. Le sac remuait réellement : il en fut tétanisé, bloqué sur place. C'est à cet instant qu'un gros rat bien charnu s'échappa pas l'ouverture du sac, comme si rien ne pouvait le distraire. Christian recula d'un bond en regardant « ratatouille » qui lui, le dévisageait stoïquement, avant de s'éloigner tranquillement.

Paniqué, ces horribles visions en tête, son smartphone en main, il téléphona à un copain un peu plus âgé que lui. Celui-ci lui conseilla d'appeler la gendarmerie sans plus attendre. Christian ne pouvait calmer les tremblements qui secouaient son corps.

Enfin, au bout du combiné, après moult détails, la gendarmerie lui conseilla de rester sur place et d'attendre leur arrivée pour leur servir de guide.

Christian attendait de très longues minutes, peut-être un quart d'heure. Mais que celui-ci fut long !

Une première fourgonnette bleue arriva sur les lieux. Un caisson étanche fut amené pour recevoir les découvertes. Un autre fourgon venait de stopper sur le bas-côté. Une équipe cynophile en descendit accompagnée par deux chiens. Les maître-chiens accompagnés de leurs compagnons à quatre pattes et au flair extraordinaire commencèrent leur ratissage et leur quadrillage, en parcourant les sous-bois et les aspérités du terrain. Plusieurs sacs poubelle furent découverts, certains en partie éventrés. Sur le dernier sac ce fut un bras sanguinolent qui apparut.

Dans l'heure suivante, les gendarmes ne trouvant plus d'éléments matériels ni d'indices pouvant parvenir à la manifestation de la vérité dans ce dossier, quittèrent les lieux. Seule dans le caisson manquait la tête de la femme. Le buste, lui, ne faisait pas partie de la panoplie macabre, il devait être dans les mains du légiste qui finissait de le disséquer très professionnellement.

Il y avait fort à parier que les membres découverts devaient correspondre au buste de la victime Christine Cheneau. La recherche expresse de l'assassin devait être d'une priorité absolue.

CHAPITRE XI

PERE DE DOMINIQUE

Au centre de réadaptation.

« Au fait papa, je désirerais te poser une question ».

« Je t'écoute Dominique ».

« Est-il vrai que tu avais Pascale Dumond comme infirmière » ?

« Entre autres oui ».

« Comment se comportait-t-elle ? Généreuse ? Dévouée » ?

« C'est la pascale de l'équipe de l'étage » ?

« Oui » ;

« Pascale est une infirmière toujours animée de délicates attentions. Elle semble donner beaucoup de sa personne. Seulement »...

« Seulement quoi papa » ?

« Je pense sincèrement qu'au fond d'elle même,

elle traîne beaucoup de tristesse ».

« Tu en es certain » ?

« Je pense bien. Il est possible également qu'elle se faisait quelques soucis pour moi. Tu te rends compte ? Sincèrement elle fait tout son possible pour m'aider, m'accompagner, améliorer cette sensation d'engourdissement dans mon corps, dans mes mains. A sa dernière consultation elle ne cessait de me masser tous les doigts un par un ».

« Il n'y a pas de kiné pour cela » ?

« Oh si, bien sûr mais c'était un plus, une parenthèse dans les soins qu'elle me prodiguaient ».

« Pour elle c'était peut être une manière de se sentir d'une grande utilité, de vouloir combattre l'intensité de ta paralysie, de ton mal interne ».

« Peut-être, mais elle distille tant de sollicitude en elle. Souvent j'en arrive à penser que sans la chaleur de sa présence, j'aurais certainement été aux antipodes de garder un semblant de maîtrise et de coordination entre mon esprit et mon corps ».

Dominique penchait la tête en direction de la fenêtre et détaillait tout le panorama sur le site du village de Pionsat, village niché au beau milieu des collines . Se retournant vers son père, il épia le peu de gestes de mobilité qu'il affichait.

Ses progrès semblaient être bien minimes. De plus, son âge avancé ne lui permettait que le fauteuil roulant, le plus longtemps possible, jusqu'à la finalité de son existence. Par la suite, une assistance continuelle sera nécessaire à la plupart des gestes de la vie courante, toilette, repas, coucher, etc …

« Dominique, dans cette situation corporelle qui est mienne, mon plus grand désir serait de pouvoir me remettre debout, à la verticale. Seulement je pense que je ne pourrais jamais avoir ce privilège : marcher, tout simplement ».

Sur ces derniers mots, son visage s'éclaira, puis un petit rire accompagnait son regard qui quémandait une réponse, qui ne lui parvint pas ».

« Papa, maintenant mon emploi du temps me force à m'absenter. De plus je suis convoqué à la gendarmerie demain matin. Je reviendrais te rendre visite et si le temps nous le permet, nous irons faire une petite promenade, le tour du propriétaire comme on dit » !

Dominique sentit la main de son père sur son avant-bras. Cette pesée fut tout d'abord neutre, puis avant qu'elle ne se relâche, il ressenti une légère pression pour toute réponse. L'avocat s'en détacha doucement.

« Au revoir papa, à demain ».

« Fils, pourquoi avais-tu tendance à parler de l'infirmière Pascale au passé » ?

« Je t'expliquerai tout cela demain papa ».

Et Dominique quitta la chambre, pas mécontent d'avoir esquivé la question.

CHAPITRE XII

LE RAPPROCHEMENT

Pour ceux qui ont rarement l'occasion d'être témoin, de connaître les rouages de l'enquête policière, il sera certainement compliqué, ardu, de comprendre le planning propice à certains aveux prononcés devant la caméra des enquêteurs, policiers et autres.

Ces aveux seront-ils évoqués de plein gré, par une conscience très agitée ? Pas forcément.

Les interlocuteurs pourraient ressentir comme de l'adversité, du dégoût , mais il s'évertuera à écouter, essayer de séparer le vrai du faux.

A partir de l'amalgame des éléments en leur possession, ils pourront ressortir une vérité. Peut-être. Sur les rapports des avocats, l'OPJ Charbonnier, en désirant convoquer Christine, aura pour but de compléter et confirmer plusieurs points de détails sur les dépositions assez succinctes de Mademoiselle Cheneau. Pour la convocation et la déposition de Bruno Chassaing, le Major Monsourd s'en occupera, suivant la procédure en cours.

CHAPITRE XIII

CONVOCATION DE CHRISTINE

Dans le bureau du Lieutenant Charbonnier, Christine, le visage blème, affichait une attitude indéfinissable.

« Mademoiselle Cheneau, à la suites de vos déclarations et confidences auprès de maître Levaud, j'aurais de fait quelques autres questions à vous poser ».

« Je vous écoute ».

« Premièrement, vous ne revenez pas sur votre discussion avec maître Levaud ».

« Non, ce que j'ai confié à l'avocat Levaud sur l'état psychique de Pascale est la réalité ».

« Maintenant nous savons qu'au début de l'après midi de ce fameux mercredi cinq novembre, Pascale, connaissant votre état de service dans la matinée, était venue vous rendre visite, comme une amie » ;

« Nous nous rendions visite mutuellement et fréquemment. Notre emploi du temps nous faisait reprendre notre travail à partir du lendemain jeudi, à quatorze heures ».

« Bien ! Pascale Dumond est repartie vers quelle heure » ?

« Pour l'heure exacte je ne m'en souviens plus exactement, vers les seize heures trente, dix sept heures, peut-être ».

« Elle est repartie comment » ?

« A pied, car elle n'habite pas loin de chez moi, à quatre vingt mètres environ ».

« Seulement on ne l'a pas revue depuis le moment ou elle a dû repartir de chez vous » !

« Je ne sais pas. Coincidence peut-être » ?

« Je vais vous dire : personne n'a vu repartir Mlle Dumond de chez vous, car elle n'en est jamais ressortie ! Voila ce qui ressort et les zones d'ombre dans la discussion avec Maître Levaud » !

« Mais, il me semblait que vos enquêteurs étaient sur un suspect des plus crédibles en la personne de son compagnon, Bruno Chassaing ? Il me semble qu'il a largement le profil des plus adéquats pour accomplir ce type de forfait » !

« Mais pour moi Mademoiselle, ce Bruno Chassaing, s'il a le profil idéal d'un suspect, cela est vraiment trop flagrant. De plus Mlle Cheneau, comme nous avons retrouvé les morceaux du corps de Pascale dans les bois de Saint-Maurice, l'identité judiciaire et la police scientifique, ont découvert des traces de passage de roues, dont les sculptures ressemblent à s'y méprendre à celles des pneus de votre voiture, une Renault Twingo ».

« Il n'y a pas qu'une seule Renault Twingo en circulation non » ?

« Reconnaissez seulement que cela fait beaucoup de coïncidences générant un faisceau de présomptions qui commence à s'étoffer. Mlle Cheneau, cela va devenir insoutenable pour vous, si vous ne pouvez pas justifier ou étayer votre situation » !

CHAPITRE XIV

AVEUX

On frappa à la porte de la salle d'audition.

« Oui ! »

Le Major Mansourt rejoignit le Lieutenant Charbonnier et lui parla à l'oreille.

« Lieutenant, je suis avec le dénommé Bruno Chassaing pour son audition. Il se trouve que le jour du cinq septembre, il avait été interpellé par le commissariat de Montluçon pour inobservation du panneau « stop » et accident de la circulation, il avait renversé un cycliste qui a reçu des soins à l'hôpital, ses blessures étant légères.

Vérifications effectuées exactes. Donc pour le meurtre de pascale Dumond, Chassaing est hors de cause ! Même si cela n'enlève rien de son comportement. Voilà pour ce témoin Lieutenant ».

Le Major parti, l'OPJ dévisageait Mlle Cheneau pendant quelques instants , puis respirant profondément il se prépara comme un boxeur préparant l'ultime round d'un impitoyable combat.

« Mlle Cheneau, ce que vient de me dire le Major Mansourt n'est vraiment pas à votre décharge concernant le meurtre de Pascale Dumond, bien au contraire ».

Le visage écarlate, Christine se mit debout : « comment ça » ?

« Mlle Cheneau, commencez par vous rasseoir s'il vous plaît. Le Major vient de m'informer que le compagnon de Pascale avait été interpellé le cinq novembre pour un délit routier par le commissariat de Montluçon. C'est un vrai manque de bol pour vous !, puisque Monsieur Chassaing a été retenu au commissariat jusque tard dans la soirée. Qu'en dites-vous ? Ce qui fait qu'à ce stade de l'enquête, vous devenez la seule suspecte. Qu'en pensez vous » ?

Christine, le visage blême, liquéfié, ne répondait plus, semblait complètement absente de l'audition. Puis, dans un murmure : « c'est moi ».

« Que dites-vous » ?

Cette fois-ci d'une voix plus audible : « c'est moi-même. J'ai tué Christine ».

« Mlle Cheneau, vous savez que dans cette salle vous êtes enregistrée et filmée, obligation procédurale lorsqu'il s'agit d'un crime ».

Christine opina de la tête. Cela devenait trop lourde de conserver intérieurement ce fardeau, maintenant que cette demi-journée de descente aux enfers était retombée.

« Bien, maintenant nous pouvons attaquer toutes vos déclarations et tout ce que vous avez sur le cœur. Mlle Cheneau, cet affreux drame, cette morbide exécution a été réalisée à votre domicile » ?

« Oui chez moi, Pascale était venue me rendre visite ce mercredi après-midi ».

« Pour quel motif cette visite » ?

« C'était assez fréquent que nous nous rendions visite mutuellement. Cet après-midi là nous n'étions pas de service, nous reprenions jeudi à quatorze heures ».

« Et dans cet après-midi du mercredi, de quoi avez-vous discuté » ?

« Tout en buvant notre café nous parlions comme toujours dans ces moments là, de choses diverses, de relations très personnelles, beaucoup de futilités, et forcément du boulot ».

Christine fit silence puis reprit :

« A la veille de quitter Bruno, son compagnon, Pascale était particulièrement nerveuse et même irritable. Alors je pensais pouvoir la décontracter en allant chercher une bouteille de « pousse-café ». Je lui en ai servi un petit verre et pour ne pas être en reste, je l'accompagnais pour desserrer l'atmosphère ».

« D'autres verres ont suivi » ?

« Oui dans l'avancée de nos discussions, d'autres ont suivi ».

« D'accord, continuez ».

« Au fur et à mesure de nos parlottes, nous sommes arrivées à ce qui devait arriver : parler du départ de notre chef de service, Mme Santini. Voilà , c'est à ce moment là que l'impensable arriva, qu'un scénario imprévisible fit son entrée ».

« Quel scénario » ?

Les yeux brûlant de larmes, Christine reprit la suite de ses déclarations :

« Il s'avérait que chacune d'entre nous avions postulé pour la même promotion, sur le même poste qui allait être vacant, une place de responsable. Pascale, elle qui désirait quitter son compagnon, Bruno Chassaing, songeait surtout qu'avec ce poste, elle aurait un salaire plus conséquent car elle émargerait systématiquement au régime cadre, ce qui lui assurerait une meilleure indépendance financière. Elle était même, de ce côté là, assez optimiste ».

« Et vous quelle a été votre réaction, puisque vous postuliez sur le même poste » ?

« Je ne pouvais nier que la possibilité de cette promotion m'intéressait également au plus haut point ».

« Pour quel motif » ?

« Ce poste là, je le briguais depuis pas mal de

temps déjà.En plus j'étais la plus ancienne des deux, toujours dans le même service et jamais une journée d'absence ».

« Je reconnais Mlle Cheneau que j'ai énormément de mal à comprendre le cheminement entre les discussions et le final tragique. Si je me fie à votre discussion avec Maître Levaud, cette discussion se faisait pourtant avec votre amie Pascale, june amie intime même nom de Dieu ! Confidentielle même » !

« Je suis tout à fait d'accord avec vous, Lieutenant, à ce sujet. Malheureusement c'est à partir de là que les choses entre nous deux ont dégénérées. Les reproches ressortaient, des reproches bilatéraux, les erreurs, et toute la pléthore de griefs furent mis à plat ».

« Et » ?

« Je me suis emportée beaucoup trop, bien plus que je ne l'aurais voulu, certainement encouragée par les vapeurs de l'armagnac ingurgité ! Alors, après un reproche supplémentaire, j'ai vu rouge, je n'ai plus contrôlé mes pulsions et ma colère. J'ai attrapé la bouteille de digestif par le goulot et à la volée j'ai frappé Pascale à la tête. A ce moment là, la colère me conseillait de massacrer son joli visage ».

A cet instant, Christine ne put retenir un explosif sanglot. On lui apporta une serviette pour essayer d'enrayer ses immenses remords. Après cet intermède, Christine reprit la parole :

« ça va aller Lieutenant » .

« Mlle Cheneau, comment cette brutalité bestiale soudaine, incontrôlée, a-t-elle pris cette orientation » ?

« Apercevant après coup le sang s'écouler, j'ai ressenti pendant quelques instants toute l'horreur de la situation.En la prenant dans mes bras, elle qui gisait maintenant sur le sol, j'ai hurlé son prénom : « PASCALE ». Son corps mou et flasque, tout le corps de mon amie sans vie. En restant complètement paralysée, atterrée, mes sanglots finirent par m'assourdir complètement ».

« Mlle Cheneau, venons-en à la suite, parce qu'il y a malheureusement une suite dans cette affaire ».

« Petit à petit, retrouvant quelques facultés, je m'interrogeais sur la suite que je pouvais donner à cette folie ; De multiples idées me traversaient l'esprit, comme appeler les gendarmes. Les solutions tournèrent en rond, chacune effaçant la précédente. N'étant pas en service jusqu'au lendemain après-midi, la décision de faire disparaître son corps m'apparut comme la solution la plus radicale et la plus plausible. Seulement »...

« Seulement quoi » ? demanda le Lieutenant.

« D'emblée j'ai compris rapidement que les soixante kilos de pascale seraient bien difficiles à manœuvrer, surtout pour moi et mes cinquante kilos. Pendant de longs moments, l'angoisse envahissait toutes mes résolutions, et je restais prostrée, tenant toujours le corps de Pascale contre moi.Ce corps que la vie avait abandonné. ».

« Ok, nous allons faire une petite pause d'une demi-heure. Nous reprendrons l'audition à ce moment là Mlle Cheneau. Gendarme, emmenez Mlle Vcheneau, quelle se restaure et se repose un peu ».

Retrouvant l'avocat, il lui prit le bras :

« Venez avec moi maître, allons prendre quelque chose, j'ajurais comme un petit creux ».

CHAPITRE XV

JUSQU'A L'HORREUR

Le break terminé, revenu à la salle d'interrogatoire, le Lieutenant Charbonnier, d'une manière plus décontractée, repris le fil de l'audition, là ou ils s'étaient arrêtés. Toujours en position derrière la vitre sans tain, Maître Levaud enregistrait mentalement les déclarations et confidences de Christine.

« Mlle Levaud, nous reprenons donc votre audition. Bien. On en était donc au corps sans vie de Pascale que vous teniez dans vos bras. C'est donc à ce moment la que l'idée de démembrer votre amie vous a traversé l'esprit » ?

« Avant toute chose Lieutenant, j'agissais dans un état que je ne me connaissais pas. Comme un état second si vous préférez. En premier lieu, je suis allé dans la cuisine chercher un rouleau d'essuie-tout et un paquet de sacs poubelle » .

« Des sacs poubelle ? Mais dans quel but » ?

« C'est à partir ce ce moment que je compris que le corps de Pascale serait trop lourd pour moi. J'ai eu l'idée d'en faire plusieurs morceaux ».

« Vous n'avez pas pensé à appeler la gendarmerie » ?

« Je vous ai déjà indiqué que j'agissais dans un état irrationnel ».

« Et cet essuie-tout, a quoi était-il sensé servie » ?

« Emmitoufler la tête de Pascale. Je ne pouvais plus accepter de la voir, de la regarder ensanglantée, et cette large plaie sur la temps droite. Comprenez. Elle arborait un faciès si affreux, et voir ses yeux ouverts, terrifiés, qui me regardaient »...

Mlle Cheneau se mit à sangloter approchant dangereusement de la crise de nerfs. Le Lieutenant lui tendit un mouchoir en papier :

« Continuez Mlle Cheneau ».

Après quelques hoquets nerveux, Christine reprit son monologue :

« je suis partie dans la remise du jardin, à la recherche de la tronçonneuse ».

« Une tronçonneuse » ?

« Oui elle me servait de temps à autres à débiter les bûches pour alimenter le feu dans la cheminée du salon. A partir de cet instant, la résolution de la découper était devenue irrémédiable. Au fur et a mesure que je la découpais je plaçais les membres dans les sacs poubelle puis je les transportais dans le sas d'entrée. Pour les bras et les jambes ça n'a pas été trop difficile, si les morceaux étaient trop grands pour les sacs je les recoupais en deux. Avec le buste c'était bien plus compliqué . Comme il était encombrant et assez lourd, même après avoir enlevé les jambes et les bras. Si je le découpais j'aurais eu tous les viscères à gérer, ce dont je n'avais pas envie. Je décidais donc de le laisser intact puisqu'il entrait dans un sac de cinquante litres, pensez donc » !

« Excusez-moi, mais je préfère ne pas trop étayer le sujet ».

« Très anxieuse sur le déroulement prochain de ce pétage de boulons, je déposais tous les sacs sur le plancher arrière de la Twingo. Il est sûr que la manipulation du buste de Pascale s'avéra bien plus ardue quand il m'a fallu s'occuper de lui. J'y suis arrivé tout de même, puisque le plancher de la Twingo est assez bas ».

« Mlle Cheneau, dans votre déposition sur le démembrement de Pascale, vous avez omis un détail d'importance et de taille » !

« Lequel » ?

« La tête de Pascale, vous ne l'avez pas laissée sur le tronc tout de même » ?

« J'avoue que la tête emmitouflée fut l'objet d'une attention particulière de ma part. Coupée et déposée dans son enveloppe de papier, je l'ai déposée délicatement avec les autres sacs, dans le coffre, certainement avec bien plus de délicatesse ! Voilà en résumé le récit de cet affreux coup de sang » ;

« Après cela vous êtes partie les disséminer dans la nature, tous ces sacs, ou bon vous semblait » ?

Christine, le regard perdu, ne disait plus rien. A ce moment précis, elle devait ressembler a une égarée, complètement perdue, hagarde, une folle à la respiration absente ».

« Mlle Cheneau, s'il vous plaît, ne vous arrêtez pas, continuez maintenant que le plus atroce de votre audition, de vos actes, est passé. La suite ne pourra pas être plus horrible. Je vous écoute »...

Christine reprit son monologue comme si elle se le récitait. Maintenant chaque mot, chaque phrase, frôlait la réalité , une réalité très hard. Comme un robot. Aucune de ses paroles n'affichait une émotion, aucune sensibilité, ce qui aurait fait remarquer un quelconque remord, ni avant, ni après. Comme une somnambule, elle semblait partie dans un autre monde. Tant bien que mal elle reprit la suite des aveux de cette sinistre demi-journée.

« Après avoir tout casé dans la Twingo, j'entrepris de faire le nettoyage, de lessiver la salle à fond. Trop de sang épais jonchait le sol, dans tous les coins de la pièce. Comme à cette époque la nuit tombe plus vite, il me fallu plus de temps pour rendre nickel le salon souillé. Après cela je me mis en quête d'endroits discrets pour recevoir l'encombrant chargement. J'ai pensé à un endroit adéquat, très intéressant pour recevoir, à l'abri des regards, un endroit rarement fréquenté : le bois de Saint-Maurice près de Pionsat. C'est là que j'ai pu disperser tous les sacs poubelle, mais il ne me restait plus que celui du buste de Pascale. Je ne pouvais pas le transporter dans ce bois, c'était trop lourd, mais je me devais de l'extraire du regard des promeneurs. Je me disais que j'allais y réfléchir plus tard.

CHAPITRE XVI

TRANSFERT DE VEHICULE

« Mlle Cheneau, d'après votre déposition, vous vous êtes garée à côté d'un véhicule qui appartenait à Maître Levaud ».

« Pas dans un premier temps. Je n'avais qu'un seul souci en tête : me débarrasser du buste de Pascale. Ce n'est qu'après avoir ouvert le coffre que je me suis fait immédiatement la réflexion que cette Audi devait appartenir à un avocat, certainement à maître Levaud ».

« Comment le saviez-vous » ?

« Maître Levaud, il, y a quelques temps de cela, avait eu une liaison amoureuse avec Pascale. Passion assez éphémère d'ailleurs. De plus je l'avais déjà aperçu de visu quand il venait rendre visite à son père, qui est justement résident au deuxième étage, celui ou Pascale et moi-même prenions notre service ».

« Bien. Pour revenir au coffre de la voiture que vous avez ouvert, il n'était pas verrouillé » ?

« Avant d'essayer d'ouvrir le coffre, j'avais parcouru du regard l'ensemble du parking. Il n'y avait pas âme qui vive. Bingo ! Il n'était pas verrouillé à clé. Sans plus attendre, j'entrepris de transférer vite fait cet encombrant dans celui du véhicule d'à côté.Les planchers des deux véhicules étaient loin d'être de même niveau, mais a force de rage et d'adrénaline j'ai réussi a faire le transfert dans l'Audi. Mais je n'ai pas eu le temps matériel d'effacer ou d'essuyer les possibles traces de sang car le porche d'entrée de l'établissement commençait a s'animer ».

De derrière la vitre sans tain, Dominique fit un bond : enfin il avait la réponse à cette fameuse découverte de sac sanguinolent.

Le Lieutenant Charbonnier, après un temps de réflexion, repris l'audition :

« Mlle Cheneau, pour le placement du buste dans le coffre du véhicule d'autrui, était-ce nécessairement utile ? Maintenant une autre question sans réponse reste en suspend : la plaque d'immatriculation absente ? Bien que je doute que ce soit de votre fait, je vous pose la question, est-ce vous » ?

« Quelle plaque d'immatriculation ?J'étais tellement attentionnée sur le transfert du sac dans le véhicule que je n'aurais et n'avais pas remarqué l'absence de la plaque d'immatriculation » .

« Donc ce n'est pas vous la fautive » ?

« Non ».

« Ou avez vous jeté les sacs » ?

« Franchement je ne pourrais pas vous le dire, même approximativement. Je les ai jetés à des endroits différents, au hasard, à des endroits éloignés les uns des autres. De plus il faisait déjà bien sombre, car la nuit tombait déjà. Et puis j'étais encore dans l'état d'une personne frisant la folie ».

« Bon ce sera tout pour aujourd'hui. Mais ne vous en faites pas Mlle Cheneau, les éléments du corps de Pascale ont été retrouvés ».

« Que va-t-il m'arriver maintenant » ?

« Je ne vous cache pas que votre garde à vue arrive à son terme et que vous allez être déféré au tribunal judiciaire, devant le procureur puis devant un juge d'instruction, car il en matière de crime, il y a une ouverture d'information. Votre sort est entre les mains des magistrats. Pour l'instant nous nous occupoins de rassembler les morceaux du corps de Pascale ».

Le Lieutenant fit signe aux gendarmes de raccompagner Christine, dans sa cellule de garde à vue.

Le Lieutenant, sortant également de la salle d'audition, rejoignit Maître Levaud. Ensemble, d'un même pas, ils se dirigèrent vers le distributeur de boissons, quand un gendarme appela l'Officier : Lieutenant, Lieutenant Charbonnier, la patrouille vient d'intercepter un trio de jeunes connards qui ne trouvaient pas mieux, pour s'amuser, d'enlever les plaques d'immatriculation des voitures en stationnement. L'un d'eux avait un tournevis électrique à batterie, ce tournevis leur servait également de perceuse ».

« Ils sont mineurs » ?

« Oui tous les trois ».

« Confiez les au brigadier de permanence qui se fera un plaisir de les entendre. Au fait, quel est le gendarme en poste de permanence » ?

« Le brigadier Duclos, Lieutenant ».

le Lieutenant se mit à rire, les trois petits délinquants en herbe ne pouvaient pas mieux tomber comme confesseur. Puis se tournant vers l'avocat :

« Tu vois Dominique, en fin de compte tout s'arrange et la vérité arrive toujours à émerger. J'avoue que c'était très mal barré pour toi au départ. L'enquête semble bien arriver à son terme ».

« Au fait, lui rétorqua l'avocat, si je peux me permettre, il me semble que tu ne t'es pas trop préoccupé de savoir quel destin fut réservé à, la tête de la victime. Faisait-elle partie des sacs éparpillés dans les bois ? J'avais comme intuition qu'elle n'en parlait pas beaucoup ».

« Tu crois » ?

« Je ne peux te l'affirmer. Après l'avoir emmitouflée dans le papier essuiie-tout, elle a complètement omis d'en parler ».

« Exact, j'en parlerais avec elle tout à l'heure dans une dernière audition avant déferrement. Terminé pour aujourd'hui Dominique. Viens , on va se prendre un café, il, est sacrément mérité celui-là » !

EPILOGUE

Au retour de son épique séjour à Pionsat, Dominique , ses dossiers de plaidoirie en suspens, passait enfin un week-end de relaxation dans sa villa de Charlieu, près de Roanne. Enfin, tout en décontraction, tout en décompression, il;pouvait repenser à l'horrible, l'impensable fait divers, qui à bien failli l'entraîner dans le tourbillon infernal des suppositions et des quiproquos.

Naturellement c'est auprès d'Hélène que ces très récents événements s'estompaient le plus simplement. Maintenant, un autre épisode de sa vie lui importait davantage.

Ce dimanche matin, une flemmardise des plus aiguës le scotchait dans le lit informe.

« Dominique, tu ne penses pas qu'il est temps de se lever » ?

« D'accord, nous pourrions nous lever, mais je n'en ai absolument pas envie ».

« te connaissant assez bien, il me semble qu'en

position verticale tu gambergerais beaucoup moins, c'est pas vrai peut-être » ?

« C'est plus fort que moi, j'ai vraiment du mal à me résigner à faire le vide sur ce qui s'est réellement passé à Pionsat ».

« Tôt ou tard il le faudra bien quand même. Au fait tu connais le nom de l'avocat qui pourrait défendre la cause de cette Christine Cheneau » ?

« Non pas encore. Les avocats candidats ne vont certainement pas se bousculer au portillon. Avec un crime, passe encore, mais doublé d'un démembrement, cela sera une plaidoirie désespérée d'avance » !

« Pour moi tu es quand même le mieux placé pour essayer d'atténuer sa folie, tu étais sur place, et même malgré toi, un témoin des plus importants » !

Prenant la légiste dans ses bras amoureux : « même si je le voulais, je ne pourrais, sur un plan procédural, absolument pas m'occuper d'elle ».

« Pourquoi » ?

« Parce que j'ai eu également, il y a trois ou quatre ans, une aventure avec la victime. J'en ai froid dans le dos. Toutes ces images d'avant et d'après ».

Après quelques instants de méditation : « bon allez, on en parle plus. Et si nous faisions un long break ? Viens te blottir contre moi, je vais te réchauffer très rapidement »!

Le temps n'était plus à la parole, ni au passé récent d'ailleurs, mais à leurs actes prochains très prometteurs.

La tête de Pascale Dumond ne fut jamais retrouvée. Christine n'avoua jamais ce détail important.

REMERCIEMENTS

Sincèrement, l'auteur a de douces pensées à tous ceux ou celles qui lui ont permis d'écrire ce petit roman et de le finaliser.

En n'oubliant surtout pas le groupe des infirmières qui, malgré elles, en me cotoyant régulièrement, l'ont inspiré.

A
tous et toutes, merci

Gérard

Édition : BoD – Books on Demand,
info@bod.fr
Impression : BoD – Books on Demand,
In de Tarpen 42, Norderstedt (Allemagne)
Impression à la demande
ISBN : 978-2-3224-6128-8
Dépôt légal : Janvier 2023